戸辺好郎

Tobe Yoshiro
The ETO
SENRYU Collection

干支川柳（一）

新葉館出版

干支川柳

子

目次

子

ne

◘子の由来

十二支の一番目。月は旧暦十一月。方位は北。子の刻とは二十三時〜一時の約二時間を指し、中心の深夜0時を子夜《しや》、正子《しょうし》という。動物では鼠。ずる賢く牛の順を抜き、猫を出し抜いた俗説がある。

天国と地獄

子と丑を
静かに分ける
百八つ

子と猫の
不仲は干支の
初めより

雪舟の
涙で生きた
嫁が君

「モシモシ」と
言えば「チュウチュウ」
返事する

もう年が
明けたと牛に
のたまわれ

ケータイを持ったネズミと会話する

ねずみ算で
預金が増える
夢みたし

ネズミ族
子子孫孫と
増え続け

ネズミ村
ぐりぐら様へ
出す賀状

ヒトだけが
なる病気だと
ネズが言う

まず齧る
門戸かならず
開かれる

愛と情
噛んでこなして
和のネズミ

去年《こぞ》今年
まだ子《ね》まだ子と
子がねばり

桜散る
俺の仲間は
猫に散る

思い切り
齧ってみたい
「バカの壁」

大ニュース
鼠《ねず》に噛まれた
猫が逝き

無人駅
ネズミ一匹
人を待つ

薬漬け
俺モルモットじゃ
ないんだよ

霊長も
山羊もネズミも
紙が好き

アメ横は
羨望の地で
住みたいな

エンディング
ノート
長老ネズミ付け

オアシスで地獄にもなる台所

クロネコで
新ジャガ届く
おらが夏

こりゃ酷い
金釘流の
書を齧る

サスペンス
鼠が絡む
難事件

ジオパーク
気づけば子年の
七年後

つぶらな眼して
ウインクの
嫁が君

デパ地下の
料理らしいと
鼻で知り

ねこまたぎだって
拝んで
食べ尽くす

ネズの恋
一期一会で
仔が生まれ

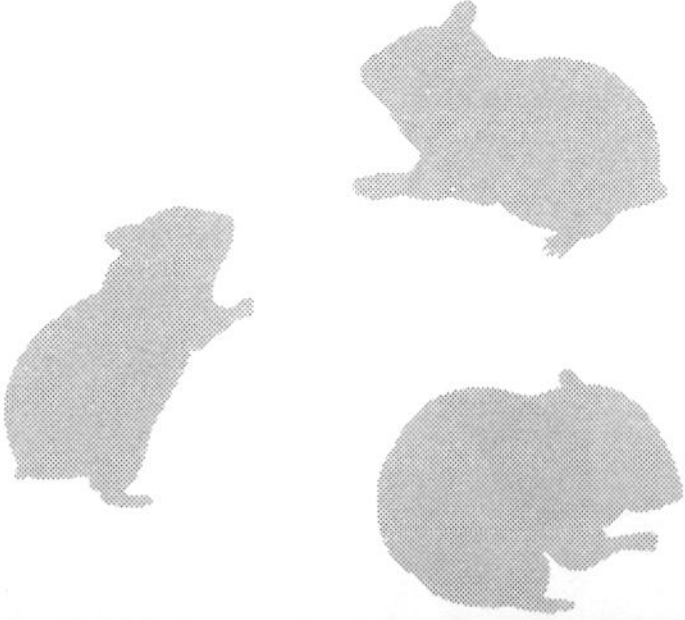

ネズは米
ネコ鰹節で
だまされる

ネズミには絶対いない認知症

ネズミにも
針千本は
嫌われる

ネズミにも
良く分かります
蟻の汗

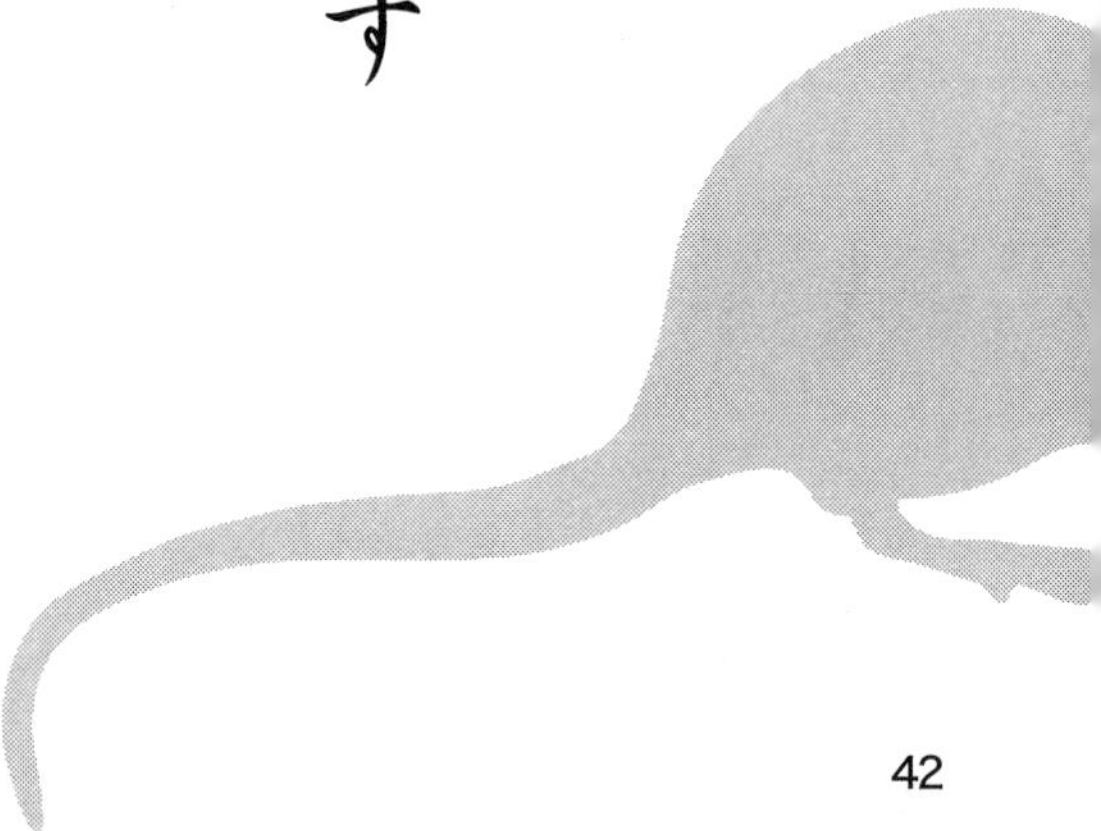

ネズミまで
不眠症になる
大試験

ねずみ算
知らぬ
少子化担当相

ねずみ族
生活《たつき》の道は
茨道

トップバッター

十二支のトップバッター子が務め

ネズ嘆く「渡る世間に猫がいる」

ハイテクの機器は怖くて齧れない

プチ家出ネコに出会って元の鞘

ペットロス理解できない「ぐりとぐら」

闇を出てまた闇に入るネズの恋

一人っ子政策案は否決され

一日にして成らずねずみのご本宅

円らな瞳だれにも負けぬ闘志秘め

凹まない意思の強さは神代から

屋根裏はネズの天国ケ・セラ・セラ

会者定離　京《けい》と重ねて生き延びる

窮すれば通ずと穴を開けておく

哲学者ネズミこの世は住みづらい

戸籍課が超超多忙なネズミ村

虎の尾を踏んだ鼠も宙に舞う

曼珠沙華ネズミ死にたくなりました

殺鼠剤売ってる店にも住むねずみ

三が日賓客の子に米供え

子ネズミと遊んでくれる猫じゃらし

子の国の憲法9条だけがある

子の神に月参りして子が生まれ

死語になってほしいな詐欺のねずみ講

至るところ青山があるネズミ族

秋に咲くイネ科の草に鼠の尾

秋晴れの裏木戸にあるネズミ口

襲われて咄嗟の機転でいつも逃げ

ネズ家族パラボラ耳で身を守り

初《はつ》護《ご》摩《ま》へ嫁が君まで首をだし

初太鼓途端に消えた嫁が君

身知り猫どこのネズミか会釈する

星降る夜コメにありつく至福の夜

節穴を覗くと外はクリスマス

鼠ならなんじゃらほいの8020《ハチマルニイマル》
鼠には急がば回れは通じない
鼠の字けもの偏までもぎ取られ

鼠居鼠食エコ生活はお手のもの

鼠思鼠念やっぱり怖い猫と蛇

孫たちの襲来にあう嫁が君

孫入れて軽く千越す子《ね》の家族

大欠伸猫を横目に嫁が君

※大黒に御萩《おはぎ》供える子《ね》の祭り

※大黒天の略。仏教の守護神で厨房の神。
ネズミは大黒天の使いと言われる。

大黒に終身雇用保証され

大黒は米の領神《かみ》だとネズ崇め

直進も斜進迂回もするネズミ

天気図を読めぬネズミが天気当て

鈍足の猫が鼠にからかわれ

猫あくび鼠もあくび鳩が啼く

猫の留守今日はハレの日　紅をさす

猫逃げて遁走曲が奏でられ

背番号付けたらきっと京《けい》の数

北斎の画業にネズミ貢献し
名月の晩に団子がせしめられ
鳴くネズミ鳴かないネズミ　おのがじし

裏帳簿齧るネズミの正義感

梁上の君子ネズミを供に連れ

臑かじりネズミの臑には肉が無い

「あまちゃん」のテレビ見ていた家ねずみ

連綿と万古不易のネズ家系

「チュウ」と鳴く　中には「コウ」と鳴くネズミ

「一休さん」「あ・そ・ぼ」ねずみが寄ってくる

「温暖化防止」義務だとチュウ告し

「思い出のワルツ」ネズミの会者定離

※五形花《ゲゲバナ》でビタミンCを摂るネズミ

※ネズミのこまくらとも言い白い花を咲かす。緑化樹。

「嫁が君」声を掛ければ「君はだれ」

80《ハチマル》で20《ニイマル》ぞろり子の家族

ＴＰＰ賛成ですと子《ね》の閣議
おもてなし米粒《こめ》が一番嫁が君
クライシス土壇場の勘ネズが勝ち

クリスマスキャロル歌えるネズミの仔
ぐりとぐらその都度返事を書いてくれ
ぐりとぐら童話の森で元気です

ジオパーク実現できるとネズミ節

スカイツリー子《ね》の刻仰ぐネズミたち

ずるずるとネズミに嵌まる腐れ縁

セールス嬢ねずみ鳴きして客を引き
セシウムが怖いと線量計を持つ
海月《くらげ》食べ海鼠《なまこ》も食べる嫁が君

海鼠餅《なまこもち》せしめにんまり嫁が君

デートする鼠にネズミのネズしぐさ

赤のままネズミ生きてるネズのまま

ナタ・デ・ココ美味しかったと嫁が君

ナツメロを屋根裏で聴く深夜便

ネコまたぎネズミまたぎも時に食べ

ネズの親　遁走術をたたき込み

ネズ哀れ蛇寸にしてネズを呑む

ネズ美人ニコンレンズで接写され

ポスターに少子化相のロゴねずみ

マニキュアをしてから楚々とお出ましし

もう住めぬネズミ悲しむ地鎮祭

悪魔にも神にもなれぬネズの性《さが》

以心伝心平和愛して猫嫌い

意思力を太くて長い尾が示し

移植法　iPSはネズミから
右顧左眄してからねずみ真っしぐら
餌かなと齧ってみたら蚊遣豚

炎暑去り利久ネズミの雨が降る

炎昼に涼しい瞳でネズ家族

炎帝に怨嗟を述べて蟄居する

縁起物子《ね》の日の松は姫小松

屋根裏で幸を見付けたネズの幸

屋根裏のメトロノームでネズ眠る

家ねずみヒッチハイクで富士登山

家人留守奇貨おくべしとみんな食べ

家賃ゼロ助かりますと感謝され

我孫子《あびこ》在 子《ね》の神権現子《ね》を祀る

モクレンを咲かせ子《ね》の神春が来る

改築で巣を暴かれてホームレス

海鳴りを聞いても眩暈《めまい》するねずみ

絵巻物 子《ね》の日の宴は季語にのみ

凱旋という語は知らぬネズミ族

ネズの脚

学校で「チュウチュウパッパ」歌わされ

完璧な五臓六腑で生き延びる

干支祝ぎて今年は許す嫁が君

干支仲間ネズミ苛めぬ丑と午

感謝してアベノミクスも齧ります

アベ・マリア鼠《ねず》にはネズの神がいる

苦労知り匠の技は翳れない

少子化を検討中のネズの国

恵比須講　連れの大黒　恵比須顔

穴三つ穴が増えればネズミ増え
犬猫に負けじとネズの写真集
研鑽を積んで丈夫な歯を作る

考えぬ葦と共存するネズミ

※鼠鬚筆《そしゅひつ》が世界の書家に愛される

※ネズミのひげで作った筆。

左遷地の宿でネズミの御出迎え

三が日のみ許される嫁が君
三毛とたま仇同士の「ぐりとぐら」
ネズミたち童話世界で愛される

子《ね》は卑《いや》しペットは癒しふざけるな

子の刻を過ぎてきらめくネオンサイン

子の食事アベノミクスで改善し

子の神で魔除けお守り良く捌け

子午線を越えてミサイル飛んでくる

不眠症「鼠、江戸を疾《はし》る」視て眠る

試飲したコーラでネズミ踊りだし

歯を折るな毒も食らうな歯《は》歯《は》ごころ

字面では栗《り》鼠《す》も鼠と間違われ

次郎吉に展墓《てんぼ》 苦海の受験生

七草に子《ね》の日の若菜も加えられ

もしマウス無ければＩＴ動かない

ＩＴでマウス、マウスと酷使され

重宝な使者大黒に子《ね》は仕え

宿命で食物連鎖の根で生きる

熟語でも※鼠肝虫臂《そかんちゅうひ》とさげすまれ

※小さくて、取るに足りないもののたとえ。

初子《はつね》の日殿上人《てんじょうびと》は小松引き

焦らずに齧って齧って歯を鍛え

尻尾だけ置いてトカゲはねずを撒く

福の神　白鼠住み財を成し

時に遇えば鼠も虎になると聞き

※須可捨焉乎《すてっちまおか》　そんな餌まで喜ばれ

※竹下しづの女の有名な俳句のフレーズ

人間を敬し離れて隅に住む

親離れ早さネズミに学びたい

新玉《あらたま》の春　普段着の嫁が君

鼠《そ》酒《しゅ》ですとネズに一献奉る

世界一正確ネズの腹時計

節穴を替えてテレビをまた覗き
禅寺のねずみ習わぬ経を詠む
粗衣粗食ネズミぶれずにエコに生き

大臣や知事候補いるネズミ国

大津絵に猫と鼠が酒盛りし

卓袱台の残り物には福がある

百八ツ子《ね》年わくわく待つネズミ

餅恋し　もう幾つ寝たら嫁が君

地震津波《なえつなみ》　予知力のある鼠たち

屋根裏《アチック》に野に咲く花を見て戻り

凡人もネズのロマンも生臭い

追われては一所不在の旅ねずみ

泥縄を編んで鬣って夜が来る

天井の背面走り忍者めき

天井を這って忍者の技を見せ

電光石火遁走術は忍者めき

等比級数《ねずみざん》　和算学者が発見し

逃げ遅れネズ竜巻で宙に舞う

毒蛇《へび》いるとヒトに知らせて恩返し

楢山が無いネズ村の幸福度

縄文の時代も居たか嫁が君

日を分ける子《ね》の刻ネズの時間帯

日陰者ビタミンDは何で摂る

日和見で首鼠両端を持すやから

神出し鬼没するネズ忍者めき
忍耐と融和をネズに学ばされ
鼠《ねず》追って猫まで追って犬疲れ

馬肥えるネズミも肥える里の秋

廃屋にカラオケがあり四面鼠《そ》歌

梅雨が来てネズミの会話も湿りがち

分相応恋もしてます嫁が君

聞き上手猫の寝言を全部聞き

籾《もみ》くすね鼠齢《それい》米寿を祝う村

凡庸に生きて厨の嫁が君

密談の猫の撫で声壁に聞き

無い羽根を伸ばして眠る昼のネズ

冥土でも鳴動すれば出るネズミ
勿論さ鼠猫の仲は神代から
陽が射せばねぐらへ帰心矢のごとし

劣化したネズミも獲れぬ猫と住む

路地裏を追われて流浪三千里

臑《すね》に傷持ったネズミの臑齧り

齧ってもかじってもハマネズ

齧歯目《げっしもく》ネズミ科ねずみの年となり

嫁が君ネコ科トラ見て身を竦め

蛇と遭い歯の根の合わぬネズミの仔

「ぐりとぐら」ベストセラーの童話集

「ぐりとぐら」老若男女に愛される

ネズ寝るともう朝刊のバイク音

また事件不逞やからのねずみ講

メートルの世に三寸のぐりとぐら

ユニセフもネズミ難民助けない

夏休みねずみ花火と日記帳

夏休み感想文は「ぐりとぐら」

嫁が君ぐりぐら好きと何時も書く

寛大な御沙汰でネズミ島流し

天網はカイカイデーと鼠《そ》を逃がし

古典的手法でネズミ生きている

豪邸も埴生の宿もある暮らし

根が真面目「よろしおすなぁ」嫁が君

四日はや肩身が狭い嫁が君

震度三でも音を上げる「ぐりとぐら」

昔むかし逢引合図に鼠鳴《ねずなき》し

鼠窃狗盗《そせつくとう》なんて言葉もありまする

鼠鳴きのコンクールあり応募する

音も上げず子年一年務め上げ

子年生まれの性格

柔和で如才なく、几帳面で礼儀正しい社交家です。篤実《とくじつ》で才智があり、屈託《くったく》のない明るい人柄ですが、温和な外見に比べて内面は案外クールで、自分の信念は必ず貫く芯の強さがあります。

貯蓄心に富みますが、決して一攫千金を望むことはしない勤倹力行《きんけんりっこう》型の人で、一代で大きな財を成す人も少なくありません。

また知識欲や探求心も人一倍旺盛ですので、学者やその道のスペシャリストとして成功することも多いようです。

【著者略歴】

戸 辺 好 郎（とべ・よしろう）

昭和５年、埼玉県生まれ。慶應義塾大学・筑波大学卒業。前田雀郎・松沢敏行に師事。柳号は「げんごろう」。昭和32年より前田雀郎選の「日経柳壇」に投句開始。「よみうり文化センター」『のだジャーナル』川柳欄選者などを歴任。

主な著書に『げんごろうの海ほたる』（葉文館出版）、英和対訳川柳句集『遠蛙 Distant Frogs』（北星堂書店）、『川柳と書の握手』（創英社／三省堂）、『猫のうた』（新葉館出版）。掲載誌には文芸家クラブ『文芸随筆』、古川哲史主宰『白壁』、『社団法人 松戸法人会会報』などがある。

干支川柳 子

○

2014年 10月20日　初版

著　者

戸　辺　　好　郎

発行人

松　岡　　恭　子

発行所

新　葉　館　出　版

大阪市東成区玉津１丁目９-16 4F 〒537-0023

TEL06-4259-3777 FAX06-4259-3888

http://shinyokan.jp/

印刷所

第一印刷企画

○

定価はカバーに表示してあります。

ISBN978-4-86044-571-3